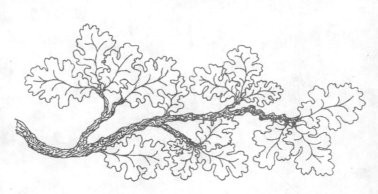

La muñeca de Elizabeti

por STEPHANIE STUVE-BODEEN

ilustrado por CHRISTY HALE

traducido por ESTHER SARFATTI

LEE & LOW BOOKS INC. • New York

Printed in Hong Kong by South China Printing Co. (1988) Ltd.

Book design by Christy Hale
Book production by The Kids at Our House

The text is set in Octavian.
The illustrations are rendered in mixed media.

10   9   8   7   6   5   4   3   2   1
First Edition

Library of Congress Cataloging-in-Publication Data
Stuve-Bodeen, Stephanie.
[Elizabeti's doll. Spanish]
La muñeca de Elizabeti / por Stephanie Stuve-Bodeen ; ilustrado por Christy Hale ;
traducido por Esther Sarfatti. —1st ed.
p. cm.
Summary: When a young Tanzanian girl gets a new baby brother, she finds a rock,
which she names Eva, and makes it her baby doll.
ISBN 1-58430-000-0 (hc.). — ISBN 1-58430-001-9 (pb.)
[1. Dolls Fiction.   2. Rocks Fiction.   3. Tanzania Fiction.   4. Spanish language materials.]
I. Hale, Christy, ill.   II. Sarfatti, Esther.   III. Title.
[PZ73.S7588   2000]
[E]—dc21   99-38005   CIP

Para Tim, Bee y Tangelo.
Asante sana a Bobbi y a la aldea de Malula—S.S.-B.

Para Elizabeth Humphreys, mi querida Betsy, con amor, amistad y recuerdos cariñosos de los tiempos en que jugábamos con muñecas—C.H.

Elizabeti tenía un nuevo hermanito llamado Obedi.
Al ver cómo mamá lo cuidaba, Elizabeti también
quería cuidar su propio bebé.

Como no tenía ninguna muñeca, salió y recogió un palo. Quiso abrazarlo, pero se pinchó y lo tiró al suelo.

Después, Elizabeti encontró una piedra. Era de un tamaño perfecto para tenerla en brazos y no pinchaba cuando la abrazaba. Así que le dio un beso y la llamó Eva.

Cuando mamá lo bañaba, el pequeño Obedi siempre
la salpicaba y la mojaba.

Cuando Elizabeti bañaba a Eva, ésta se portaba muy
bien y sólo salpicaba un poquito.

Mamá le daba de comer a Obedi, y el niño soltaba
un gran eructo.

Elizabeti le daba de comer a Eva, pero era tan
educada que no eructaba.

Mamá cambiaba a Obedi, ¡y había que ver cómo estaba el pañal!
En cambio, Elizabeti descubría con alivio que el pañal de Eva todavía
estaba limpio.

Cuando mamá hacía las labores de la casa, llevaba a Obedi
en su espalda con una tela de vivos colores llamada kanga.

Cuando Elizabeti hacía sus labores, también llevaba a Eva
—con la ayuda de mamá— en su espalda con una kanga.

Elizabeti fue a visitar a su amiga Rahaili. Ésta se rió cuando vio que la muñeca de Elizabeti era una piedra.

Pero como Rahaili tampoco tenía muñeca, cuando Elizabeti
se fue, encontró una piedra y la llamó Malucey.

Cuando Elizabeti llegó a casa, tuvo que ir a buscar agua al pozo de la aldea. Sacó a Eva de la kanga y la dejó en el suelo junto con otras rocas para que no se sintiera sola.

Elizabeti dobló la kanga, se la puso encima de la cabeza y
colocó el recipiente con el agua. Siempre hacía esto cuando tenía
que llevar algo pesado.

Cuando Elizabeti regresó con el agua, se la llevó a su hermana Pendo, que estaba en la choza donde se preparaban todas las comidas de la familia.

Después, Elizabeti salió corriendo a buscar a Eva. ¡Pero Eva había desaparecido! Elizabeti buscó por todas partes, pero no la pudo encontrar.

Mamá encontró otra piedra y se la dio a Elizabeti. Cuando la vio,
Elizabeti negó con la cabeza. No era Eva. Era sólo una piedra.

Pendo le llevó otra piedra a Elizabeti, pero tampoco era Eva.

Elizabeti estaba muy triste y se sentó solita hasta que
llegó la hora de ayudar a Pendo a cocinar en la choza.

La familia cenaba arroz todas las noches y Elizabeti estaba encargada de
poner la olla de arroz en la hoguera, que estaba hecha con tres piedras grandes.

Con tristeza, Elizabeti llenó la olla con agua y la puso a hervir sobre las piedras. Pero una de las piedras no era una piedra. ¡Era Eva!

Elizabeti llamó a mamá y juntas movieron la olla y apartaron a Eva
del fuego. Aunque estaba un poco sucia, no se había lastimado.

Pendo salió a buscar otra piedra para la hoguera. Así fue como la pobre Eva se había perdido en primer lugar.

Eva se quedó quieta mientras Elizabeti la limpiaba y la abrazaba.

A la hora de dormir, mamá le cantó una nana
a Obedi y lo acunó hasta que se quedó dormido.
Elizabeti también le cantó una nana a Eva,
pero ella se quedó dormida antes que Eva.

Mamá cubrió a Elizabeti y a Eva con una manta. Sonrió y pensó que algún día Elizabeti sería una buena madre.

Eva pensaba igual.